幼兒社區探索系列

醫院

袁妙霞／著

新雅文化事業有限公司
www.sunya.com.hk

天雨路滑，舅舅心急趕車，不慎跌倒，手、腳、額頭都受傷了。途人馬上打電話召救護車，把舅舅送到醫院去。

舅舅被送到急症室。經醫生診斷和護士處理傷口後，舅舅覺得好多了。不過，為謹慎起見，醫生建議舅舅留院做一些檢查。

急症室是什麼地方？

急症室是醫院裏為市民提供緊急醫療護理服務的部門。醫護人員會因應病人的病情輕重緩急情況做分流，以評估病人看診的次序，共五個級別，包括：危殆、危急、緊急、次緊急和非緊急。

「舅舅，你還痛嗎？」小冬正在跟病房中的舅舅視像通話。

　　「舅舅沒事了，醫生說明天就可以出院。這還是我第一次住醫院呢！」

　　「這次是你第二次住院了。你忘了你是在醫院出生的嗎？」媽媽說。

「我也住過醫院嗎？」小冬問，他可一點印象都沒有。

「當然，你一生下來，就是在醫院的呀！」媽媽笑着說。

小知識 假如我在街上遇意外受傷了，怎麼辦？

假如我們遇上意外身體受傷，要保持鎮定，尋求別人的幫助。如傷患情況嚴重時，可召喚緊急救護服務。當救護員接報後，就會馬上乘坐救護車趕到現場，為病人作初步的急救治療，然後儘快把病人送到醫院急症室診治。

「看你以後走路，要快還是要安全？」媽媽對舅舅說。

舅舅說：「那還用說？當然是安全第一。剛跌倒的時候，我痛得站都站不起來。真要感謝熱心的途人和救護員把我送院，更要感謝醫生和護士給我治療。」

幾天之後，小冬有點發燒和咽喉
痛。爸爸帶他到醫院的門診部看醫生。

醫院有很多樓層，除了急症室、
病房和手術室外，還有很多不同部門，
提供各種服務，例如各項檢查、物理治
療、疫苗注射等。爸爸先看指示牌，找
出門診部的位置。

門診

G	普通科門診 General Outpatient Department
1	入院登記及詢問處 Admission & Enquiry
2	藥劑部 Department of Pharmacy
3	日間手術中心 Day Surgery Centre
4	門診X光室 Clinic X Ray Room
5	聽力測驗室 Audiology Test Room

小知識 為什麼我們生病時應佩戴口罩？

因為正確佩戴口罩，可以有效預防各種呼吸道傳播疾病。當我們有發燒、咳嗽、打噴嚏等呼吸道病徵時，應佩戴口罩，以減少疾病傳播。

來到門診部，爸爸先到登記處登記。護士為小冬量體溫後，他們就到候診區等候。

「爸爸，我們要等多久？」小冬問。

「很多病人都需要醫生叔叔的幫助，但醫生叔叔每次只能幫一個人，所以我們要耐心等候。」爸爸說。

小知識

在候診室，我們可以做什麼？

在候診室裏，我們要耐心等待醫生，可以玩玩具、看書本或電視。有些病人在見醫生前，需要先測量身高、體重和血壓。當護士呼叫你的名字，便輪到你進入診症室看醫生了。

「小冬，你好。」醫生友善地跟小冬打招呼，詢問小冬的病情，用聽筒替小冬檢查。小冬也非常合作，醫生幫他檢查咽喉時，他把嘴巴盡量張大，讓醫生看得更清楚些。

「小冬真乖。」醫生稱讚小冬說。

醫生對小冬說：「小冬，你感冒了，有病毒進入了你的身體，所以你覺得不舒服。不用怕，醫生叔叔會把它們趕走，小冬很快就沒事了。」

「謝謝醫生叔叔。」小冬說。

醫生把藥單交給爸爸，說：「讓小冬準時吃藥，多喝水，生病期間在家休息，不要上學。」

除了醫生，還有什麼人員在醫院裏工作？

除了醫生和護士，醫院裏還有很多職工為我們服務，包括很多專業的技術人員，例如：藥劑師、化驗師、放射治療師、物理治療師，職業治療師等等；還有病房助理和清潔工，以及協助病人的社工和義工等等。

爸爸拿着藥單來到藥劑部。爸爸把藥單交給工作人員後，便跟小冬坐下來等候取藥。

「爸爸，這裏的人都吃同一種藥嗎？」小冬問。

「當然不是，不同的病要吃不同的藥呀！所以，醫院裏除了醫生和護士，還有藥劑師，他們負責把藥物準確地交給病人，告訴病人怎樣安全服用。」爸爸說。

拿過藥後，爸爸帶小冬到洗手間洗手。雖然爸爸已教小冬不要隨處觸摸四周的設施，但在離開醫院前，他們還是先清潔雙手，這是減少細菌散播的好方法啊！

小知識

為什麼我們要勤洗手？

我們的雙手常常觸摸很多東西，容易沾上細菌和病毒。我們可以用消毒洗手液或肥皂洗手以保持手部清潔衛生。

① 用水沾濕雙手

手掌 — 手背 — 指隙 — 指背 — 指尖 — 拇指 — 手腕

② 使用消毒洗手液或肥皂搓揉雙手的手背、手掌和指尖

③ 用水沖洗乾淨

④ 用抹手紙抹乾雙手

⑤ 用抹手紙關上水龍頭

19

經過醫院大堂，小冬看見不少拿着水果和鮮花的人。爸爸告訴小冬，他們都是來探望住院的親友的。

　　「爸爸，他們的親友是不是都像舅舅那樣受傷了？」小冬問。

　　「除了受傷，也有生病的。有的病人需要醫生和護士密切照顧，就需要暫時住在醫院裏。」爸爸說。

醫院是什麼地方？

醫院是治療和護理病人的地方。醫生會按病人的身體狀況判斷他是否危急需治理，或是需要住院觀察病情，例如進行化驗檢查或手術治療。在香港，醫院分為公營和私營兩類。公營醫院是指由政府或公營機構營運，為市民提供收費低廉的醫療服務。而私營醫院則指機構自給自足，收費較公營醫院高。

他們正要離開醫院時，遇見小冬學校的一位家長迎面走來。

　　「姨姨，你也是來探病的嗎？」小冬跟這位姨姨的兒子小凡是好朋友。

　　「我是來做義工的。我要到病人資源中心，教病友做十字繡。」姨姨說。

23

「人病了，不一定要整天躺在床上。鼓勵病友參加團體活動，對他們的健康更有幫助。醫院的病人資源中心，經常為病友和照顧者籌備活動，需要不少義工呢。」姨姨説。

　　「這真是一件有意義的事情。除了醫藥之外，這些支援也是很重要的啊！」爸爸説。

「我長大了也要做有意義的事情。」小冬説。

「好，等你長大了，我們一起去做義工。」姨姨笑着説。

醫院裏有哪些服務支援病人？

醫院裏的病人資源中心為病人和照顧者提供支援，例如幫助病友加強自我照顧，提供健康的資訊。此外，也有社工和義工服務，關顧病人。有些醫院更會安排動物醫生探訪病患，幫助病人紓緩情緒。

回到家裏，媽媽按照醫生的指示，給小冬吃藥。小冬很合作，生病是難受的事，小冬也想早日康復啊！

　　媽媽告訴小冬：「在你回來之前，鄰居的
叔叔姨姨剛去醫院，因為他們的寶寶快要出生
了。」

爸爸説：「醫院是迎接小生命的地方。寶寶在醫院出生，對嬰兒和產婦的健康都有保障。」

　　「醫院也是保障所有人健康的地方。不過，沒有人喜歡生病，因此預防勝於治療……」媽媽説。

　　小朋友，你知道媽媽説的「預防」，究竟是什麼意思嗎？

在醫院裏，還有哪些醫療服務？

除了給病人治療疾病，醫院裏也有其他醫療服務，包括：健康檢查、提供預防疫苗注射、舉辦預防疾病教育講座，提供健康的資訊等等。

知多一點點

醫院是一個為市民提供各種醫療服務，救治病患，迎接生老病死的地方。小朋友，快來一起看看醫院裏有哪些服務吧。

救護車負責運送病人，把情況緊急的病人送到就近的醫院急症室。

醫生為病人診治疾病，如有需要會安排病人住院治療，例如進行化驗檢查或手術治療。

經過醫生診治後，病人便到藥劑部等待領取藥物。

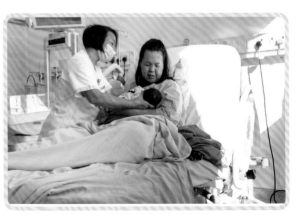

除了治療病患，醫院也是迎接嬰兒出生的地方。

綠區 Green Zone	婦科內窺鏡診斷中心 Hysteroscopy / Colposcopy Centre	育嬰室 Breast Feeding	橙區 Orange Zone
綠區 Green Zone	骨質密度掃描室 DEXA Scan Room	治療室 Treatment Room	藍區 Blue Zone
黃區 Yellow Zone	門診X光室 Clinic X-Ray Room	小手術室 Minor Procedure Room	藍區 Blue Zone
黃區 Yellow Zone	超聲波檢驗室 Ultrasound Room		
灰區 Grey Zone	聽力測驗室 Audiology Test Room		

除了給病人治療和進行手術，醫院裏還有很多不同的部門為病人進行化驗和檢查。

有些醫院會安排義工和動物醫生探訪活動，關愛病人，幫助他們紓緩情緒。

醫院是我們社區裏重要的設施，有很多醫護人員堅守崗位搶救病人，救傷扶危，守護市民的健康。在醫院裏，我們要遵守規則，避免影響醫護人員工作呢。

① 如病人的身體情況不危急，應向公立或私家診所求醫。

② 在出入醫院時，應避免觸摸口鼻，注意勤洗手，可有效預防傳染病。

③ 如病人患有咳嗽、發燒等呼吸道病徵，應佩戴口罩。

④ 不要隨處奔跑追逐，以免撞倒，發生危險。

⑤ 我們應讓醫護人員優先使用電梯，要排隊守秩序，不可爭先恐後。

⑥ 在病房裏，不要隨便拍照，以免騷擾他人。

幼兒社區探索系列

醫院

作　　者：袁妙霞

繪　　者：黃裳

責任編輯：胡頌茵

設　　計：劉麗萍

出　　版：新雅文化事業有限公司

　　　　　香港英皇道499號北角工業大廈18樓

　　　　　電話：（852）2138 7998

　　　　　傳真：（852）2597 4003

　　　　　網址：http://www.sunya.com.hk

　　　　　電郵：marketing@sunya.com.hk

發　　行：香港聯合書刊物流有限公司

　　　　　香港荃灣德士古道220-248號荃灣工業中心16樓

　　　　　電話：（852）2150 2100　　傳真：（852）2407 3062

　　　　　電郵：info@suplogistics.com.hk

印　　刷：中華商務彩色印刷有限公司

　　　　　香港新界大埔汀麗路36號

版　　次：二〇二四年六月初版

ISBN: 978-962-08-8409-2

Traditional Chinese Edition © 2024 Sun Ya Publications (HK) Ltd.
18/F, North Point Industrial Building, 499 King's Road, Hong Kong
Published in Hong Kong SAR, China
Printed in China

鳴謝：
本書照片由Shutterstock 及Dreamstime 授權許可使用。